ASTARBÉ,

TRAGÉDIE,

PAR M. COLARDEAU.

ASTARBÉ,

TRAGÉDIE,

PAR M. COLARDEAU.

Représentée pour la premiere fois par les Comédiens Français Ordinaires du Roi, le vingt-sept Février mil sept cent cinquante-huit.

A PARIS,
Chez la Veuve BORDELET, Rue S. Jacques, vis-à-vis le Collége des Jésuites.

M. DCC. LVIII.
AVEC PERMISSION.

A SON ALTESSE SÉRÉNISSIME MONSEIGNEUR LE DUC *D'ORLÉANS*, PREMIER PRINCE DU SANG.

Prince, pour qui l'Eclat d'une Illustre Naissance
N'est pas le seul garant de l'amour de la France,
Mais qui né près du Thrône & du Sang des Bourbons,
Doit tout à tes Vertus & rien aux plus grands Noms,
Permets qu'un Citoyen du monde Littéraire,
S'élevant jusqu'à toi dans son vol téméraire,
Dût-il être ébloui, t'admirant de trop près,
Vienne mettre à tes pieds ses timides essais.
Je sçais que d'un coup d'œil tu peux glacer ma Muse;
Mais ta Grandeur se voile, & ta bonté m'excuse.
Né dans ces Murs, jadis les Défenseurs des Rois,
Où, fiere de rouler son Onde sous tes Loix,

Et ſous ton Aſtre heureux plus ſuperbe & plus vaine,
La Loire dans ſon cours le diſpute à la Seine;
Au nom de ma Patrie, aux titres les plus chers,
Tu veux bien accepter mon hommage & mes Vers.
PRINCE, puiſſent ces Vers, à l'ombre de ta gloire,
Gravés par ton ſuffrage au Temple de Mémoire,
Apprendre quelque jour à la Poſtérité
Que, dirigeant leurs pas vers l'immortalité,
Tu ſoutiens les Talents dans leur vaſte cariere;
Que du Cirque Français tu mouvris la barriere,
Et que les annimant du feu de ſes regards,
PHILIPPES fut le Pere & l'ami des beaux Arts.

ACTEURS.

PIGMALION, *Roi de Tyr.*

ASTARBÉ, *Epouse de Pigmalion.*

BACAZAR, *fils de Pigmalion.*

LEUXIS, *Princesse, amante de Bacazar.*

NARBAL, *ancien Gouverneur de Bacazar.*

ZOPIRE, } *Conjurés.*
NADOR, }

ORCAN, *Confident d'Astarbé.*

ARSACE, *Chef des Gardes de Pigmalion.*

GARDES *de Pigmalion.*

GARDES *d'Astarbé.*

TROUPE DE TYRIENS.

La Scene est à Tyr, dans le Palais des Rois.

ASTARBÉ, TRAGÉDIE.

ACTE PREMIER.

SCENE PREMIERE.

NARBAL, ARSACE.

ARSACE.

OI, dans Tyr, toi, Narbal, Vieillard infortuné,
Marches-tu ſans effroi, d'écueils environné ?
Dans ce ſéjour du crime & de la tyrannie,
Quel motif te conduit ?

NARBAL.

L'amour de ma Patrie ;
Les cris attendriſſans d'un Peuple malheureux,
Les remords de mon Roi ; tout m'appelle en ces lieux.
On dit que déteſtant le jour où l'hyménée
Au ſort d'une barbare unit ſa deſtinée,
Pigmalion rougit de ſes longues erreurs ;
Qu'Aſtarbé va ſentir ſes dernieres fureurs :

Sur ce monſtre odieux je viens l'inſtruire encore;
Je viens lui dévoiler des forfaits qu'il ignore.
La cruelle immola ſes déplorables fils,
Ses fils, par mes leçons, dans la vertu nourris.
Que Pigmalion tremble au nom de ces Victimes!
Qu'il connoiſſe Aſtarbé, qu'il puniſſe ſes crimes;
Et que de la perfide à jamais délivré,
Il regne en Souverain de ſon peuple adoré.
Du fonds de mes Déſerts, voilà ce qui m'amene:
Tu le vois, mes projets ſont d'amour & de haine:
Je viens perdre Aſtarbé, ſauver l'État, mon Roi.
Arſace, j'ai compté ſur tes ſoins, ſur ta foi;
Deſtiné pour veiller ſur les jours de ſon Maître,
Devant lui, ſans péril, Arſace peut paroître:
Viens; au pied de ſon Trône, il faut guider mes pas;
Tu le peux... Tu frémis! Tu ne me réponds pas!
Ah, Dieux!... Quoi! d'un vain bruit mon oreille frappée.
Un faux eſpoir naît-il dans mon ame trompée?
Parle.

ARSACE.

Imprudent Vieillard, tu quittes tes déſerts!
A la Cour d'un Tyran viens-tu chercher des fers?
Connois Pigmalion. Monſtrueux aſſemblage
De crimes, de remords, & d'amour, & de rage,
Teint du ſang de Sichée & du ſang de ſon fils,
Monarque environné d'un peuple d'ennemis,
Haï de ſes ſujets, en horreur à lui-même,
Eſclave infortuné d'une Epouſe qu'il aime,
Emporté, furieux dans ſes plus doux tranſports,
Cruel dans ſes forfaits, cruel dans ſes remords,
Il eſt à redouter autant qu'il eſt à plaindre.
Dans ſon repentir même un Tyran eſt à craindre.
Ah, fuis loin du barbare!

NARBAL.

Arrête; écoute-moi.
Narbal, dans un Tyran reſpecte encor ſon Roi.
Tu l'oſes condamner!... Ah! quels que ſoient leurs crimes;
Marchans à pas tremblans à travers mille abîmes,
Il faut plaindre les Rois dans leurs triſtes grandeurs;
Leurs forfaits bien ſouvent ne ſont que leurs malheurs.
Arrête... Et cependant ſeconde ici mon zele.
Pigmalion ſoupçonne une Epouſe infidelle;

Je le sçais. Viens, te dis-je ; il faut tout découvrir,
Accuser Astarbé.

ARSACE.

Cruel, tu vas périr.
Astarbé ! Dieux ! Narbal peut-il la méconnoître ?

NARBAL.

Je connois son pouvoir, & mes yeux l'ont vu naître.
Conduite par l'amour au trône de nos Rois,
Sa fatale beauté fit seule tous ses droits,
La fortune l'éleve, & le foible l'encense :
Mais je ne puis, foulé du poids de sa puissance,
Tomber au pieds d'un monstre, auteur des maux divers ;
Dont sa rage à rempli ce coin de l'Univers.
Du haut de ses Autels renversons cette Idole.
Que m'importe, après tout, que sa fureur m'immole ?
Dois-je épargner un sang dans mes veines glacé ?
Pour mon Roi, pour l Etat, il doit être versé.
Arsace, nous touchons au jour de la vengeance.
J'ensevelis encor dans la nuit du silence
Un secret important qu'il faut taire en ces lieux.
Tantôt & loin d'ici je t'en instruirai mieux :
Cependant, apprends-moi le sort d'une Princesse,
Dont le malheur affreux me touche & m'intéresse.
Leuxis, dans ce Palais voit-elle encor le jour ?
Nourriroit-elle encor un malheureux amour ?
De l'héritier du Trône amante infortunée,
Au jeune Bacazar promise & destinée,
Elle attendoit des Dieux le prix de ses vertus.

ARSACE.

Leuxis remplit ces lieux de regrets superflus.
D'autant plus malheureuse, au sein de ses allarmes ;
Que l'impie Astarbé se repaît de ses larmes,
Que l'Auteur de ses maux jouit de sa douleur.
La vertu cependant est toujours dans son cœur.

NARBAL.

Vole vers elle, Arsace ; & dis-lui qu'elle espere :
Ce jour, cet heureux jour finira sa misere.
Dieux ! Astarbé paroît !

SCENE II.

ASTARBÉ, NARBAL, ARSACE, ORCAN, GARDES.

ASTARBÉ.

Vous, Narbal, dans ces lieux !
Osez-vous, sans mon ordre, y paroître à mes yeux ?
Vous, qu'à mes volontés j'ai vu toujours contraire,
Vous, qui vous imposant un exil volontaire,
Sur des bords inconnus, en secret, retiré,
Vivez depuis dix ans, à la Cour ignoré.
Narbal, dans un sujet, la fuite est condamnable;
Et, s'il n'est ordonné, le retour est coupable.
Il faut justifier l'un & l'autre aujourd'hui.

NARBAL.

Le juste qu'on accuse, a ses vertus pour lui.
Arrêtez vos regards sur le cours de ma vie,
Madame.... C'est ainsi que je me justifie.

ASTARBÉ.

Inflexible Vieillard, crois-moi, le tems n'est plus,
Où, moi-même admirant tes sauvages vertus,
J'ai souffert que dans Tyr ton audace impunie
Me donnât tous les noms, dont elle m'a noircie;
De tant d'affrons reçus, & qu'il falloit punir,
Je veux bien aujourd'hui perdre le souvenir.
C'est assez me contraindre; & je me suis flattée
D'être, dans mes grandeurs, désormais respectée.
Je le veux, en un mot.

NARBAL.

La juste autorité
Trouve dans moi le zele & la docilité:
Mais je ne sçus jamais vil esclave du crime
Lui rendre, dans les Cours, un culte illégitime.

Fidele à ma Patrie, aux Souverains, aux Loix;
C'eſt ſans déplaire aux Dieux que j'obéis aux Rois.

ASTARBÉ.

Sors; & tremble.

Les Gardes ſortent.

SCENE III.

ASTARBÉ, ORCAN.

ASTARBÉ.

En ces lieux quel motif le ramene;
Du poids de ſon orgueil il accable ſa Reine!
Ici tout m'importune, & depuis quelques jours,
Tout ſemble de ma vie empoiſonner le cours.
Leuxis, de mes grandeurs, orgueilleuſe rivale;
Oſe uſurper mes droits & marcher mon égale.
Pigmalion lui-même, inquiet & jaloux,
Affectant les chagrins d'un Maître & d'un Epoux;
Et ne me parlant plus que la plainte à la bouche;
Verſe ſur moi le fiel de ſon ame farouche.
Sur mes ſombres projets feroit-il éclairé?
Le voile qui les couvre eſt-il donc déchiré?
Je ne ſçais; mais tantôt ſous ces voutes ſanglantes
Croyant voir de ſon fils les ombres menaçantes,
Et ſe plaignant à moi des rigueurs de leur ſort,
Le barbare, en ces lieux, m'a reproché leur mort.
Je le connois: il faut prévenir ſa furie.
Il avance le coup qui menace ſa vie,
Ces Soldats vigilans, ces Gardes aſſidus,
Ces cent portes d'airain, ces glaives toujours nuds;
Ces foudres allumés, qui grondent près du Thrône,
Ces orgueilleuſes Tours, que la mort environne,
(Appareil menaçant, mais inutile appui
Qu'un Tyran met toujours entre ſon peuple & lui,)
Rien ne peut ralentir le courroux qui m'anime.
Pigmalion, ce ſoir, expire ma victime.
Ce projet en un mot trop long-tems concerté,
Dans ce jour de terreur doit être exécuté.

ORCAN.

Immoler le Tyran ! Quels mortels intrépides
Seconderont ici vos fureurs parricides ?
Quels sujets oseront sacrifier leur Roi ?

ASTARBÉ.

Je n'attends rien du peuple, & j'ai compté sur moi.
N'en doute point, ce bras suffit à ma vengeance.
De mes cruels transports connois la violence.
Le Tyran jusqu'ici n'a fait naître en mon cœur
Que des emportemens de haine & de fureur :
Et dans ce jour encor, ou le cruel m'outrage,
Mon plus doux sentiment est celui de la rage.
Qu'il ne se plaigne point de tant d'inimitié,
La sienne, plus barbare, a tout justifié.

ORCAN.

Son amour, cependant, vous place au rang de Reine.

ASTARBÉ.

Quel amour, si j'ai du lui préférer sa haine !
Par l'ordre de mon Pere attaché près de moi,
L'habitude & le tems m'assurent de ta foi.
Orcan ; je vais t'ouvrir mon ame toute entiere ;
Cette ame, pour toi seul va souffrir la lumiere.
Rappelle-toi le jour où cet affreux Palais,
Retentit tout à coup du bruit de mes attraits ;
Tu sçais l'obscurité du rang où je suis née ;
Sans ambition, libre, & du Trône éloignée ;
Encor dans l'âge, où fait pour les illusions
Notre cœur méconnoît les grandes passions :
J'aimois ; heureuse alors ? glorieuse & contente
Mon orgueil se bornoit au vain titre d'Amante ;
Les Dieux alloient m'unir au sort de mon époux,
Et les flambeaux d'hymen brilloient déja pour nous ;
Quand au lit du Tyran, malgré moi réservée,
Des bras de mon amant je me vis enlevée.
De cent coups de poignard, je vis percer son cœur.
On ajouta bien-tôt l'outrage à la fureur.
Dans ce Palais funeste on me traîna mourante ;
Pigmalion brava les larmes d'une Amante ;
Et voulant me forcer de répondre à ses vœux,
Il serra de l'hymen les détestables nœuds.
Quel hymen ! Le cruel, dans sa rage jalouse,
Venoit d'empoisonner sa malheureuse Epouse,

Et dans ce jour encor, son frere infortuné,
Sichée, à nos Autels mourut assassiné.
Orçan, il m'inspira la fureur qui m'anime,
Et dans ses bras sanglans, j'ai respiré le crime.
Assise à ses côtés sur le Trône des Rois,
Je devins politique & barbare à la fois.
Enfin, que te dirai-je ? A ses destins unie,
Le cruel m'infecta de son fatal génie.
Je voulus l'en punir; mais pour mieux le frapper,
Il étoit soupçonneux, il falloit le tromper.
On m'aimoit, & bien-tôt au vain talent de plaire
J'ajoutai l'artifice, il étoit nécessaire :
Et sans te rappeller ces intrigues de Cour,
Fruit de l'ambition plutôt que de l'amour;
Je pris sur le Tyran cet ascendant suprême
Que donne la beauté sur les Souverains même.
J'obtins tout; je regnai sur son peuple & sur lui.
Mais, Orcan, mon pouvoir l'inquiete aujourd'hui :
Il m'observe, il me craint; ma faveur diminue,
Et peut-être ma perte est déjà résolue.
De sa premiere Epouse il m'apprête le sort.
Qu'il frémisse ! ma crainte est l'arrêt de sa mort.

ORCAN.

Quel mortel près de vous doit monter sur le Trône,
Madame ? Sur quel front mettez-vous la couronne ?
Vous connoissez nos mœurs, nos usages, nos loix;
Tyr, pour la gouverner n'eût jamais que des Rois.

ASTARBÉ.

Qu'oses-tu m'opposer ? Apprens à me connoître.
Astarbé trop long-tems a gémi sous un Maître.
Je méprise un vil Peuple indocile & jaloux;
Orcan, je régnerai sans Maître & sans Epoux.
Par de pénibles soins au Trône conservée,
Si je le partageois, je m'en croirois privée.
Je sens enfin, je sens dans le fond de mon cœur,
La vaste ambition qui mene à la grandeur.
Vois jusqu'où j'ai porté mes soins & ma prudence.
Du Sang des Souverains j'ai proscrit l'espérance:
Un obstacle puissant arrêtoit mes projets;
Le Tyran eut deux fils, l'amour de ses Sujets,
Foibles, jeunes encor, mais qui pouvoient me nuire;
Méprisables tous deux, mais qu'il falloit détruire;

J'avois juré leur mort, rien ne put m'effrayer,
D'un complot criminel j'accusai le premier,
De ses plus noirs poisons j'armai la calomnie.
Le Tyran inquiet, qui craignoit pour sa vie,
N'éclaircit rien, crut tout, & sur mon seul rapport,
De son malheureux fils il ordonna la mort.
Bacazar restoit seul: plus heureux que son frere,
Il avoit pour appui la tendresse d'un Pere,
Et la pompe & l'éclat dont brilloit cette Cour,
De son fatal hymen nous annonçoit le jour;
Cette même Leuxis dont la fierté m'offense,
L'obtenoit pour Epoux, & trompoit ma prudence:
Mais du fatal hymen je reculai l'instant,
Et ma main sépara l'Amante de l'Amant.
Il étoit dans cet âge, où Tyr voit sa jeunesse
Aller chercher les Arts dans le sein de la Grece.
J'usai de ce prétexte, il partit pour Samos,
Le Pilote séduit, le plongea dans les flots.
On crut que le Vaisseau surpris par un orage,
Avoit enveloppé le Prince en son nauffrage;
Et le Peuple crédule adoptant ce rapport,
Il n'imputa qu'aux Dieux le malheur de sa mort.
Voilà par quels degrés l'adroite Politique
m'approche à chaque instant du pouvoir despotique;
Il ne faut plus qu'un pas, je le fais en ce jour;
Je sers l'ambition & je venge l'Amour.

ORCAN.

Mais ne craignez-vous point que le Peuple indocile
Ne s'oppose au succès d'un projet inutile?
Vous devez redouter ses noirs ressentimens.
Plus d'un Peuple, Madame, a vengé ses Tyrans.

ASTARBÉ.

Je ne m'abuse point; je sçais qu'on me déteste;
Je sçais que Tyr me voit comme un monstre funeste,
Artisan de ses maux, destructeur de ses Loix,
Ennemi de ses Dieux, & Tyran sous ces Rois:
Va, je me rends justice, & n'ai pu me séduire
Jusqu'à me déguiser la haine que j'inspire.
Mais cette inimitié qui tallarme pour moi,
Redouble ma fureur, & non pas mon effroi.
Moi, redouter, moi, craindre une foule impuissante
De foibles citoyens que mon nom épouvante!

Que

Que m'importe la haine ou l'amour des Mortels?
Orcan, je veux un Trône, & non pas des Autels.
Poursuivons mes desseins : on dit que dans Carthage
La superbe Didon forme un nouvel orage,
Et que bien-tôt ici cette Reine en courroux,
Doit venir pour venger l'ombre de son Epoux :
Je dois la craindre, Orcan ; la foudre qu'elle apprête,
En frappant le Tyran, tomberoit sur ma tête ;
Différer, c'est l'attendre, il faut la prévenir ;
Je sçais de quels ressorts il faudra se servir.
Et toi, va rassembler cette foule importune
Que l'intérêt enchaîne au char de ma fortune ;
Tous ces vils Courtisans, ces flatteurs corrompus,
Comblés de mes bienfaits, me sont déjà vendus.
Mais fais venir sur-tout le farouche Zopire ;
Ce Zopire est un traître, & j'ai sçu le séduire ;
Autrefois vertueux, aujourd'hui criminel ;
Né foible, & cependant politique & cruel.
C'est un de ces humains guidé par leurs caprices,
Dont on met à profit les vertus ou les vices.
Vole, Orcan, & sur-tout renferme dans ton cœur
Des secrets dont tu vois la sombre profondeur.
Mais, que me veut Leuxis?

SCENE IV.

ASTARBÉ, LEUXIS, ARSACE.

LEUXIS.

Vous l'emportez, Madame ;
J'abaisse en frémissant la fierté de mon ame ;
Moi, qui ne dûs jamais reconnoître vos loix,
Moi, la sœur de Sichée, & fille de nos Rois,
Je viens vous implorer : les malheurs de ma vie
M'ont réduite à l'opprobre où je suis avilie.
Assez long-tems vos yeux ont joui de mes pleurs.
Ce Palais a pour moi d'éternelles horreurs ;
J'y frémis, & j'y vois une main meurtriere,
Fumante encor du sang de ma famille entiere.

Obtenez de mon Roi qu'abandonnant ces lieux,
Je puiſſe, avec Didon, ſur des bords plus heureux,
Déplorer en ſecret nos longues infortunes:
L'hymen unit nos droits, nos pertes ſont communes.

ASTARBÉ.

Madame, je le ſçais, les mêmes intérêts
Vous livrent l'une & l'autre à de pareils regrets.
Didon dans le complot d'une injuſte vengeance,
Vous a vue avec elle agir d'intelligence;
Et ſi Pigmalion écoute mes avis,
Sa main n'unira pas ſes plus grands ennemis;
Vous ne verrez jamais les rivages d'Afrique.

LEUXIS.

Et voilà donc les ſoins de votre Politique?
Me peignant à ſes yeux ſous d'affreuſes couleurs,
De votre Epoux trompé vous armez les fureurs:
Qui de nous envers lui ſe montra plus perfide?
Ai-je livré ſon ſang à ſa main parricide?
Ah! tandis qu'à ſes fils on arrachoit le jour.
L'un avoit mon eſtime, & l'autre mon amour:
Et cependant c'eſt moi que l'on traite en coupable;
Moi, qui dans les apprêts d'un hymen favorable,
De mon frere immolé perdant le ſouvenir,
Au fils de l'aſſaſſin conſentoit à m'unir.

ASTARBÉ.

Si Baçazar n'eſt plus, ſa mort n'eſt pas mon crime.

LEUXIS.

Je ne ſçais de quel bras il mourut la victime.
Mon déſeſpoir ne peut en accuſer les Dieux;
Ils aiment les mortels qu'ils ont fait vertueux.
De plus juſtes ſoupçons s'élevent dans mon ame;
J'ai perdu mon Amant, & vous régnez, Madame.

ASTARBÉ.

Je ne répondrai point à d'injuſtes diſcours
Dictés par la douleur, & que l'on tient toujours.
Je ne dirai qu'un mot. Oui, Madame, je régne;
Pardonner ou punir, je puis tout.... Qu'on me craigne.

Elle s'en va.

SCENE V.

LEUXIS, ARSACE.

ARSACE.

L'INFORTUNE à ce point peut-elle s'égarer?
Vous l'avez offenſée, il falloit l'implorer;
Tout gémit, tout périt ſous ſa main criminelle.

LEUXIS.

Moi, que je tombe aux pieds d'une Reine cruelle!
Sans nous déshonorer, cédons à nos malheurs.
Mourons, briſons des fers arroſés de mes pleurs;
Que mes yeux ne ſoient plus les témoins de ſa rage:
Mépriſable dans Tyr, dangereuſe à Carthage,
Quand je m'apprête à fuir vers de plus doux climats;
La barbare en ces lieux veut retenir mes pas.
Sous les loix d'une femme en eſclave enchaînée,
C'eſt traîner trop long-tems ma vie infortunée.
J'ai fatigué le Ciel de mes vœux ſuperflus;
Il eſt ſourd à mes cris, & Bacazar n'eſt plus!
Mourons, vous dis-je.

ARSACE.

Il faut tout eſpérer encore.
Le jour de la vengeance éclate avec l'aurore.
Le vertueux Narbal ramené dans ces lieux,
Nous promet ce grand jour, l'annonce au nom des Dieux.

LEUXIS.

Je connois ce Vieillard: trop ſenſible à mes peines.
Narbal veut me donner ces eſpérances vaines;
Dont la pitié ſouvent amuſe la douleur.
L'amertume a rempli le vuide de mon cœur.
Ah! quand il faut haïr juſqu'à mon exiſtence,
Que je goûterai mal une foible vengeance!

Sans être réparés, les crimes sont punis.
Hélas ! Pigmalion me rendra-t-il son fils ?

ARSACE.

D'un bonheur imprévu, Narbal veut vous instruire ;
Princesse, il vous attend.

LEUXIS.

Qu'auroit-il à me dire ?
Allons voir, j'y consens, ce Mortel vertueux ;
Le sage fut toujours l'appui des malheureux.

Fin du premier Acte.

ACTE II.

SCENE PREMIERE.

ZOPIRE, NADOR.

NADOR.

ZOPIRE tu connois les desseins de la Reine ;
Dans ce Palais sanglant son ordre nous ramene.
Quoi, lorsque ses fureurs devroient nous indigner,
Nous allons les servir !

ZOPIRE.

Nador il faut régner.
Tu frémis ? Ce projet te trouble & t'intimide !
Le Tyran va tomber sous le glaive homicide.
Seconde mon audace, & le peuple étonné
Du bandeau de ses Rois me verra couronné.
Astarbé dans ce jour immole sa Victime :
Perdons la Criminelle, & jouissons du crime.
Sous un Sceptre de fer trop long-tems accablés,
D'un Sceptre plus pesant craignons d'être foulés ;
Sur les débris du Trône & de la tyrannie,
Elevons un pouvoir utile à la Patrie ;
Rappellons dans ces lieux la justice & les mœurs.
C'est pour vous rendre heureux que j'aspire aux grandeurs.

NADOR.

Dans ce vaste projet, je te plains & t'admire.
Astarbé tient ici les rênes de l'Empire ;
Sur elle, sans péril, peux-tu les usurper ?

ZOPIRE.

Elle me craint, Nador, & je puis la tromper.

Tantôt dans ſes terreurs, je l'ai vue elle-même
M'offrir, avec ſa main l'éclat du Diadême ;
Elle veut que mon bras, de cet eſpoir flatté,
Enchaîne ſous ſes loix un Peuple révolté.
J'accepte tous les dons que me fait ſa foibleſſe ;
Mais c'eſt pour les remettre aux mains de la Princeſſe :
Leuxis, ſeul rejetton de la tige des Rois,
Oppoſe à mes deſſeins de légitimes droits :
Heureuſe & triomphante, & par moi couronnée,
Que l'Hymen à mon ſort joigne ſa deſtinée.
Ne crois pas cependant qu'un cœur ambitieux,
Aſſervi par l'amour, en reſſente les feux :
Leuxis, ſans m'éblouir par l'éclat de ſes charmes,
Me plaît par ſes vertus, me touche par ſes larmes.
Aſtarbé ſur mon cœur peut moins par ſes bienfaits ;
Je vois avec mépris l'orgueil de ſes attraits.
O vertu ! telle eſt donc ta puiſſance ſuprême !
On t'aime, on te reſpecte au ſein du crime même.

NADOR.

Tu voudrois réunir, dans ton cœur combattu,
La fureur, la pitié, le crime & la vertu ;
Pour éviter les noms d'uſurpateur, de traître,
Tu défends dans Leuxis le ſang qui l'a fait naître ;
Cependant ; pourſuivant ce ſang infortuné,
Tu ſouffres que ton Roi périſſe aſſaſſiné !
Tu crois que ſon trépas ſauvera cet Empire ;
Tu veux perdre Aſtarbé... Tu veux régner, Zopire.
Ah ! quels ſont tes deſſeins ! Par quel contraſte affreux ;
Es-tu donc à la fois barbare & généreux ?

ZOPIRE.

Je ſçais des Souverains quel eſt le privilége.
Mon bras n'eſt point armé d'un couteau ſacrilége.
Je voudrois de mon Roi prévenir le malheur.
Mais comment l'arracher à ſa propre fureur ?
Accuſer à ſes yeux une Epouſe qu'il aime ;
Ce n'eſt point le ſauver, c'eſt me perdre moi-même.
La Barbare, abuſant des droits de la beauté,
Sçaura d'un voile épais couvrir la verité.
Et d'un amour trompeur employant l'artifice,
Faire tomber ſur moi le crime & le ſupplice.
Que te dirai-je encor ? Sans ceſſe partagé,
Ami de la vertu, dans le crime engagé,

J'ai balancé long-tems ; mais enfin moins timide,
L'ambition me parle, & sa voix me décide.
De nos amis communs va disposer les cœurs.
Je vais tromper la Reine en servant ses fureurs
Elle vient, laisse-nous.

SCENE II.

ASTARBÉ, ZOPIRE, ORCAN.

ASTARBÉ.

Enfin, brave Zopire,
Ce jour va terminer les malheurs de l'Empire.
Hâtez-vous, rassemblez vos généreux amis.
Servez-moi ; je l'ai dit, le Trône est à ce prix.

ZOPIRE.

Nos Conjurés ici s'empressant de se rendre....

ASTARBÉ.

L'ordre n'est point donné, Zopire.... Il faut l'attendre.
Il n'est pas tems encor d'annoncer mes projets ;
On ne les connoîtra qu'au moment du succès.
Vous que sur mes desseins ma confiance éclaire,
Songez qu'un Conjuré doit agir & se taire.
Préparez en secret ces armes, ces poignards,
Ces instrumens de mort, cachés en ces remparts.

ZOPIRE.

Grande Reine, croyez que l'ardeur qui m'inspire,
Que l'amour....

ASTARBÉ.

Arrêtez, vous me trompez, Zopire.
Je connois vos pareils ; la fiere ambition
Anéantit en eux toute autre passion :
C'est au soin de régner que leur grand cœur s'applique,
L'amour n'est à leurs yeux qu'un ressort politique,
Qui d'un sexe crédule, objet de leur mépris,
Peut séduire à leur gré les faciles esprits.

Mais vous n'avez point dû, quelque soin qui vous presse ;
De ce sexe avili m'imputer la foiblesse.
Par ce lâche détour, enfin vous m'offensez,
Ou vous me croyez foible, ou vous me trahissez.
Allez. Pigmalion près de moi va se rendre :
Je l'attends, & peut-être il pourroit nous surprendre.
Laissez-nous, & songez quand je vous promets ma main.
Qu'un vil adorateur y pretendroit en vain :
Disputez-là, Zopire, elle est le prix du zele.

SCENE III.

ASTARBÉ, ORCAN.

ORCAN.

AINSI, vous couronnez un esclave infidele !

ASTARBÉ.

En offrant à ses vœux la suprême grandeur,
De ce vil Conjuré j'irrite la fureur.
Séduit par cet espoir, son intérêt l'anime ;
Et l'intérêt, Orcan, facilite le crime.
L'art d'offrir sa parole, & l'art de la trahir,
C'est la vertu des Grands, je sçaurai m'en servir.
Que Zopire frémisse en trahissant son Maître :
C'est de lui que j'apprends à redouter un traître.
Je préviendrai dans lui le crime ou le remords
Et mon bras, pour tout prix, lui destine la mort.
Hâtons de nos desseins l'heure trop différée,
Ou craignons du Tyran la fureur égarée :
Ce monstre d'épouvante & de trouble, oppressé ;
Semble entrevoir le coup dont il est ménacé.

ORCAN.

Eh qui soupçonne-t-il ?

ASTARBÉ.

Moi-même la premiere ;
Le jour, l'air qu'il respire, & la nature entiere.
Rassemblons sur Leuxis ses soupçons odieux ;
Rendons-là criminelle & suspecte à ses yeux.

Il

Il faut la perdre Orcan ; Leuxis pourroit me nuire.
Mais ne nous chargeons pas du ſoin de la détruire.
Le Phénicien l'aime : attendri ſur ſon ſort,
Il puniroit ſur moi le crime de ſa mort.
Que le Tyran l'immole, & par ce coup barbare
Qu'il autoriſe ici le coup qu'on lui prépare.
Des Peuples indignés qu'il devienne l'horreur.
La politique, Orcan, fait plus que la fureur.
Par la main du Tyran j'immole mes victimes ;
Et je veux l'accabler du fardeau de mes crimes.
Il vient.

SCENE IV.

PIGMALION, ASTARBÉ, ARSACE, GARDES.

ASTARBÉ.

SEIGNEUR, quel trouble égare ici vos pas !
Où courez-vous ? Pourquoi ces farouches Soldats ?
De quel nouvel effroi votre ame eſt-elle atteinte ?
Ah ! Parlez.

PIGMALION.

Mes pareils ſont-ils jamais ſans crainte ?
Madame, ces remparts de mes crimes remplis,
D'un peuple gémiſſant me répétent les cris :
Hélas ! & dans ces cris jettés par l'innocence,
J'entends toujours frémir la voix de la vengeance.
Je combats vainement une juſte terreur,
Le remords me détrompe & tonne dans mon cœur.
Tout préſente à ma vue une image effrayante.
Je vois loin de ces bords une Reine puiſſante,
De ſes vaiſſeaux nombreux couvrir le ſein des mers,
Et chercher des vengeurs dans un autre Univers.
Mes ſujets dans ces murs, l'Afriquain dans Carthage,
Les Dieux même irrités accélerent l'orage.
Je veux les prévenir : plus juſte déformais,
Sur un Peuple opprimé régnons par les bienfaits.

ASTARBÉ.

Tels ſont donc vos deſſeins ? Quelle indigne foibleſſe !
Une ombre, un vain remords, un phantôme vous bleſſe !
Hé quoi, d'un Peuple vil craignez-vous les clameurs ?
Vous allez, dites-vous, réparer ſes malheurs,
Répandre vos bienfaits ſur cette foule obſcure ;
Ah ! laiſſez-lui plutôt la plainte & le murmure.
Qu'importe qu'il gémiſſe ? il eſt né pour ſervir.
A la rébellion craignez de l'enhardir.
Loin de la relâcher, il faut ſerrer ſa chaîne ;
C'eſt par la fermeté que l'on dompte ſa haine.
Enfin, ne ſouffrez point qu'il éleve ſa voix,
Qu'il oſe ſur le Trône interroger ſes Rois.
Des Dieux que vous craignez, imitez les exemples ;
C'eſt la foudre à la main qu'ils obtiennent des temples ;
Le miſtere & la crainte entourent leurs Autels.
Puniſſez, & comme eux effrayez les Mortels.

PIGMALION.

Hé bien, Madame, hé bien ; il faut toujours ſe rendre,
Toujours ſuivre vos loix, les chérir, en dépendre.
Cependant Phadaël à la mort condamné,
Mes ſujets pourſuivis, Sichée aſſaſſiné ;
Tant de maux n'ont-ils point aſſouvi ma furie ?
Faut-il verſer encor le ſang de ma Patrie ?
Quels funeſtes conſeils ! Je les ai trop ſuivis,
Madame, & ce ſont eux qui perdirent mes fils.
A ce noir ſouvenir la voix de la nature,
Jette au fond de mon cœur un effrayant murmure.

ASTARBÉ

J'ignorois juſqu'ici le but de vos diſcours,
Seigneur, mais mon eſprit en a ſuivi le cours ;
Le reproche les diête, & votre ame égarée
S'abandonne aux remords dont elle eſt déchirée ;
La crainte y verſe auſſi ſon funeſte poiſon,
Et l'un & l'autre enfin vous menent au ſoupçon.
Vous m'accuſez, Cruel ! apprenez-moi mes crimes.
Cette main fume encor du ſang de mes victimes,
Je ne m'excuſe point, j'ai tout oſé pour vous.
Des traîtres, des ingrats ſont tombés ſous mes coups
Leur ſort vous attendrit, quelle pitié frivole,
Quand vous êtes le Dieu pour qui je les immole !

Et quels sont après tout, vos crimes & les miens ?
Outrageant la nature & brisant ses liens ?
Sichée enorgueilli des droits de sa Thiare,
Prêtre séditieux, frere injuste & barbare,
Du Peuple contre vous souleva les esprits.
Plus criminel encor le premier de vos fils,
De vos augustes jours détestant la durée,
Osa lever sur vous sa main dénaturée.
Vous les avez punis, & vous qui les plaignez,
Ce n'est que par leur mort qu'aujourd'hui vous régnez.
La violence aux Rois est souvent nécessaire.
Dussiez-vous m'en punir, je ne puis plus vous taire
que dans ce jour encor, dans ces mêmes momens,
Vous êtes menacé des périls les plus grands ;
qu'il faut les prévenir, ou payer de sa tête.

PIGMALION.

O Ciel ! Que dites-vous ?

ASTARBÉ.

La révolte s'apprête.

PIGMALION.

Achevez ; nommez-moi mes lâches ennemis.

ASTARBÉ.

Il en reste un, Seigneur.

PIGMALION.

Ah ! quel est-il ?

ASTARBÉ.

Leuxis.
Décidez vos soupçons entre elle & votre Epouse.
Du nœud qui nous unit, indignement jalouse,
Leuxis médite ici de criminels desseins ;
Tantôt elle fuyoit vers les bords Affricains.
Jugez sur cet avis quel intérêt me guide ;
Ou plutôt, je l'ai dit, que votre ame décide.
Un abîme profond est ouvert sous vos pas :
Voyez, examinez, & ne m'en croyez pas.
Je vous laisse, Seigneur.

SCENE V.

PIGMALION, ARSACE.

PIGMALION.

Elle me fuit, Arſace
Le fer eſt ſuſpendu, ſa chûte me menace;
Sur le ſoin de mes jours réveillons ſon ardeur;
Mes ſoupçons, mes remords ont irrité ſon cœur.
Par elle je veux tout, je crains ou je deſire.
Quel aſcendant vainqueur! qu'il lui donne d'empire!
Quoi, Leuxis me trahit!... Venge un Roi malheureux.
Qu'on la charge de fers... Il le faut... Je le veux.

ARSACE.

Ah, Seigneur, différez! Aux genoux de ſon Maître,
Narbal...

PIGMALION.

Que me veut-il? Qu'il vienne; il peut paroître.
Hélas! dans les horreurs de l'état où je ſuis:
Tout voir & tout entendre eſt tout ce que je puis.

SCENE VI.

PIGMALION, NARBAL.

PIGMALION.

Sage Vieillard, approche, & bannis toute crainte,
Narbal peut aujourd'hui s'expliquer ſans contrainte.
On parle de complots, de vengeurs, d'aſſaſſins.
Tu m'as dit mille fois qu'il n'eſt point de chemins
Qui menent juſqu'à nous la vérité ſévére;
On l'enveloppe ici des ombres du myſtere.

Réponds : j'attends de toi des éclaircissemens.
Quels sont mes ennemis?

NARBAL.

Je connois les plus grands;
Dautant plus dangereux, d'autant plus redoutables,
Que voilant leurs fureurs sous des dehors aimables,
Pour les empoisonner, ils séduisent les cœurs.

PIGMALION.

Ces ennemis cruels, qui sont-ils?

NARBAL.

Vos flatteurs;
Mortels nés pour corrompre, aussi-bien que pour feindre.
Ah! plût aux Dieux, qu'un Roi n'eût que son Peuple à craindre!
Un bienfait le fléchit & peut le désarmer:
Mais le flatteur toujours nuit & se fait aimer.
On vous trompe, Seigneur; Astarbé vous abuse.

PIGMALION.

Téméraire, arrêtez! le Tyrien l'accuse,
Je ne consulte point ces sentimens jaloux,
Et je n'en crois, enfin, ni ce Peuple, ni vous.
C'est sur d'autres objets qu'il falloit me répondre.
On dit que sur mes jours l'orage est prêt à fondre.
L'infidelle Leuxis, injuste en sa douleur,
S'est unie en secret aux desseins de ma sœur:
Elle fuyoit, dit-on, vers les rives d'Afrique.
Quels projets trâme ici sa vaine politique?

NARBAL.

Je vous réponds, Seigneur, des vertus de Leuxis.

PIGMALION.

Elle pleure Sichée!

NARBAL.

Et pleure votre fils!

PIGMALION.

Non, je n'approuve point sa fuite dans Carthage.
Vous-même, retiré dans un désert sauvage,
Vous n'avez pu, sans crime, errant & loin de moi,
Ensevelir des jours qui sont à votre Roi.

NARBAL.

Dans mon désert, Seigneur, la vieillesse pesante
Dénouoit le tissu d'une vie innocente.
Je mourois chaque jour, & mourois sans effort.
Hélas ! m'enviez-vous la douceur de ma mort ?
Quand, sous le faix des ans ma vieillesse succombe ;
Serois-je à redouter sur les bords de ma tombe ?
Le sage ne meurt point sous les lambris des Rois.
Loin de ces lieux, Seigneur, sous mes rustiques toits,
Gémissant en secret des crimes de la terre,
Mes prieres des Dieux désarmoient la colere.
Ma voix les imploroit pour le Peuple, pour vous ;
Et je m'étois flatté de suspendre leurs coups.
Ah ! ne déchirez plus le sein de ma Patrie.

PIGMALION.

Un Peuple factieux attente sur ma vie !

NARBAL.

Et le flechirez-vous par d'indignes fureurs ?
Le regne le plus sûr est le regne des cœurs.
Vous êtes Roi sans doute, & ce titre est auguste ;
Mais il faut être encor humain, généreux, juste,
Offrir aux malheureux des soins compatissans.
Héros, Législateurs, Monarques, Conquerans,
De ces titres pompeux dont la gloire nous nomme,
En est-il un pour nous plus grand que le nom d'homme ?
C'est le premier, Seigneur, & sans l'humanité,
Tout, jusqu'à la vertu, n'est que férocité.
Vous craignez, dites-vous, le Peuple & sa furie :
Abjurez aujourd'hui l'affreuse tyrannie,
Et Narbal vous répond du salut de vos jours.
Combien ce Peuple alors en chériroit le cours !
Vos remords, vos terreurs, oui, tout semble vous dire
Qu'il faut pour être heureux dans les soins d'un Empire,
Régner par les bienfaits, par les mœurs, par les loix.
Le malheur des Etats faits le malheur des Rois.

PIGMALION.

Ote à la vérité ce langage inflexible :
Tu veux la faire aimer & tu la rends terrible.
Cruel, fuis loin de moi ; tu m'arraches le cœur.

NARBAL *aux genoux de Pigmalion.*

Ainsi vous le fermez aux cris de ma douleur !

Par ces genoux ſacrés, ô mon Roi, par vous-même,
N'irritez plus des Dieux la juſtice ſuprême.
Ah ! que ne ſçavez-vous de quel bienfait heureux,
Ils recompenſeroient votre retour vers eux.
Il en eſt un, Seigneur, ineſperé ſans doute.
Le Ciel ſçait les deſirs & les vœux qu'il me coûte,
Il ne les rendra point & vains & ſuperflus.
Votre fils malheureux....

PIGMALION.

Mon fils ! je n'en ai plus.

NARBAL.

Il eſt vrai qu'une Reine implacable & barbare,
Proſcrivit leurs jours ; mais...

PIGMALION.

Ta haine ſe déclare.
Tu veux perdre Aſtarbé... J'entrevois vos raiſons:
Sa vigilance a ſoin d'éclairer mes ſoupçons.
De vos obſcurs deſſeins je perce le myſtere ;
J'y porte le flambeau, mais en Juge ſévére.
Aſtarbé vous déplaît, je l'oppoſe à vos coups,
Et je mets ce rempart entre mon Trône & vous.
Je ſçais juſqu'où vos cris portent leur inſolence ;
Vous demandez ſa tête ! ô fureur ! ô vengeance !
Tremble, Peuple indocile & qui m'oſe irriter !
C'eſt elle, pour punir, que je vais conſulter.

SCENE VII.

NARBAL *ſeul.*

Par quel accueil trompeur il ſçavoit me ſéduire !
Sur ſon faux repentir ma bouche alloit tout dire.
Tout, juſqu'à ſes remords, n'eſt en lui que fureur.
Quel ſecret le barbare arrachoit à mon cœur !
Secret, qu'un malheureux confie à ma prudence.
Grands Dieux, ne trompez point ma plus chere eſpérance ;
Rendez à la Patrie un Prince vertueux :
Rendez-moi Bacazar... Hélas ! quels ſont mes vœux ?
Au ſein de ſes remparts une femme cruelle...
Dans quel ſéjour de ſang ma tendreſſe l'appelle !

O Ciel, n'écoute point mes desirs imprudens;
Et cache la vertu loin de l'œil des Tyrans.
Cher Prince, s'il est vrai que le Ciel favorable;
Ait étendu sur toi sa puissance équitable;
Si tu vis, si j'en crois ces traits chers & connus,
Que ta main a tracés, & que mes yeux ont lûs;
Fuis loin de ce Palais. Dans des climats sauvages,
Sans doute que tes jours sont purs & sans nuages.
L'humanité sensible adoucit tes malheurs.
Et qu'aurois-tu dans Tyr? Mes soupirs & mes pleurs,
Tribut insuffisant qu'on paye à la misere.
Hélas! tu n'aurois pas le cœur même d'un Pere.
Arsace! que veut-il?

SCNEE VIII.

NARBAL, ARSACE.

ARSACE.

LEUXIS est dans les fers.
Suis-moi, viens l'arracher au plus affreux revers.
A ma fidelité le Tyran la confie:
Mais enfin je crains tout, je tremble pour sa vie.
Pigmalion à peine avoit quitté ces lieux,
Parcourant ce Palais, interdit, furieux,
Il menace, il frémit, il me voit & m'appelle:
» Réponds-moi, m'a-t-il dit, d'une esclave infidelle;
» Qu'on arrête Leuxis; l'ingrate me trahit.
De ses cris effrayans la voute retentit.
L'implacable Astarbé, par ses cris attirée,
Terrible & menaçante, aussi-tôt s'est montrée.
Tout fuit à leur aspect, & frémissant d'horreur,
Moi-même, je les laisse en proye à leur fureur.

NARBAL.

Viens. N'opposons encor que des pleurs à leur rage.
Les prieres, les vœux sont les armes du sage;
Dans le malheur public il invoque les Dieux:
Il plaint ses Rois, les sert, & meurt encor pour eux.

Fin du second Acte.

ACTE

ACTE III.

SCENE PREMIERE.

BACAZAR, NARBAL.

BACAZAR.

Cruel Narbal, ceſſez de retenir mes pas,
Mon pere régne ici, je vole dans ſes bras.
N'oppoſez plus vos pleurs à mon impatience.
Vous frémiſſez ! Ne puis-je après dix ans d'abſence;
Attendre, en ce Palais un deſtin plus heureux?
Les Dieux m'ont-ils trompé?

NARBAL.

N'accuſez point les Dieux.
Vous vivez, Bacazar, & moi-même j'admire
A travers quels écueils ils ont ſçu vous conduire.
Prince, vous n'êtes plus ſur ces bords étrangers,
Où vos jours couloient purs, à l'abri des dangers.
Dans ce ſéjour de ſang la mort vous environne,
L'humanité s'y plaint, la nature y friſſonne.
Venez, ſuivez mes pas au fond de mes déſerts.

BACAZAR.

Qui, moi, languir encor au bout de l'univers!
Quels ſont donc les périls que votre ame redoute?
Leuxis vit, & ces lieux me l'offriront ſans doute.
Quand je retrouve un Pere une Amante, un Ami,
Dois-je craindre les coups du deſtein ennemi?
Les larmes de Leuxis ont fléchi ſa colere;
N'en doutez point, je vole...

NARBAL.

Arrêtez, téméraire!

D

Au ſein de vos malheurs je vous ai méconnu ;
Mais craignez les regards d'un œil plus prévenu.
Peut-être à votre aſpect, Aſtarbé détrompée,
Connoîtra la victime à ſes coups échappée.
Ne vous raſſurez point ſur un douteux oubli.
De ſurveillans cruels ce Palais eſt rempli :
J'ignore les projets de ces ames obſcures ;
Mais tantôt j'ai cru voir de leurs bouches impures
Sortir l'ordre du crime & des aſſaſſinats ;
L'implacable Aſtarbé ſembloit armer leurs bras :
De la barbare, enfin la fureur eſt extrême.
Je tremble pour Leuxis, pour vous, pour le Roi même.

BACAZAR.

O Ciel ! il eſt donc vrai que ce monſtre odieux
Reſpire, & ſouille encor le rang des mes ayeux ?
Aſtarbé ! Dieux vengeurs, quels ſont donc les coupables,
Pour qui vous réſervez vos foudres redoutables ?
Narbal rappellez-vous ces jours infortunés,
Ces lamantables jours à la mort deſtinés,
Ces jours cruels, témoins du meurtre de mon frere ;
Où moi-même banni de la Cour de mon pere,
De la tendre Leuxis recevant les adieux ;
Mourant déſeſpéré, j'abandonnai ces lieux.
Que de maux m'annonçoit un éxil ſi funeſte !

NARBAL.

Et que tenta ſur vous la main que je déteſte ?

BACAZAR.

Nous partons. De Samos je découvre les bords ;
Dévoré d'amertume, en proie à mes tranſports,
Mon cœur étoit toujours rempli de mon amante.
De mes vils aſſaſſins la rage frémiſſante,
S'annonce par un cri dans les airs élancé ;
De l'impie Aſtarbé le nom fut prononcé.
Autour de la Victime on ſe preſſe en tumulte ;
Sur le choix de ma mort on balance, on conſulte ;
Un reſte de pitié détermine ce choix.
Leur fureur n'oſe encor verſer le ſang des Rois.
Ces lâches meurtriers, en détournant la vue,
Me plongent en tremblant au ſein de l'onde émue ;

Je roule au gré des flots, & je vois tour à tour
La profondeur des mers & la clarté du jour.
La mort environnoit ma fatale existence.

NARBAL.

Quel bras vous a sauvé ?

BACAZAR.

La céleste puissance
Sans doute prit alors pitié de mes malheurs.
La voix de la nature a droit sur tous les cœurs.
J'apperçois tout à coup une barque flottante,
Où des humains m'offroient une main bienfaisante ;
Ils m'arrachent des flots dans l'ombre de la nuit,
Sur les bords de Samos leur barque me conduit.
Errant, traînant par tout le poids de ma misere,
J'arrosois de mes pleurs cette rive étrangere. ;
Mais pourquoi rappeller ce souvenir affreux ?
La honte, le mépris suivent les malheureux :
Leur atteinte cruelle a flétri ma jeunesse ;
Enfin, j'ai tout souffert.

NARBAL.

Dieux ! je vois la Princesse.
Ah ! cher Prince, fuyez.

SCENE II.

BACAZAR, NARBAL, LEUXIS *enchaînée*, ARSACE.

BACAZAR.

OU suis-je, malheureux !
Que m'annoncent ces fers ? Leuxis esclave !... ô Dieux !

LEUXIS.

Arsace soutiens-moi dans cet état funeste ;

Guide mes pas tremblans vers l'appui qui me reſte;
Ah, Narbal!

BACAZAR *troublé.*

Ah, Leuxis! ... Ces fers me font horreur.

LEUXIS.

Quel eſt cet inconnu, ſenſible à mon malheur?
Ses yeux, à mon aſpect, ſe rempliſſent de larmes!
Pour les infortunés que les pleurs ont de charmes!
Mais dites-moi, Narbal, quel eſt donc ce bonheur
Annoncé par vous-même, & promis à mon cœur?
Et pourquoi ce mortel, indifférent peut-être,
Augmente-t-il l'eſpoir que vous avez fait naître?

Bacazar ſe jette aux genoux de Leuxis.

Tu tombes à mes pieds, & ton œil enflammé!...

BACAZAR.

Je ſuis...?

LEUXIS.

N'acheve pas.... Va, mon cœur t'a nommé.

BACAZAR.

Ah! ma chere Leuxis! mon ame intimidée
Se refuſe au bonheur dont tu me peins l'idée.
Ainſi donc tes malheurs ont égalé les miens?
Leuxis, je veux briſer tes indignes liens.

LEUXIS.

Ah! qu'importe mes fers? Va, ma joie eſt entiere;
Cher Prince, dans tes bras il n'eſt rien qui l'altere.
C'eſt par des pleurs de ſang que j'ai pleuré ta mort;
La fureur des humains, les outrages du ſort,
Les affronts, les mépris d'une Reine cruelle;
Leuxis épuiſa tout, dans ſa douleur mortelle.
J'ai baiſſé dans l'opprobre un front humilié.
Tu vis, je te revois, & j'ai tout oublié.

BACAZAR.

Errant, & fugitif de rivage en rivage,
Mes malheurs n'avoient point ébranlé mon courage.
Je me croyois alors le ſeul infortuné.
Mais que dans ce Palais, à tes pieds ramené,

Loin d'y finir nos maux & nos communes peines ;
Je doive encor me plaindre & pleurer sur tes chaînes ;
Ce dernier coup du sort accable ma vertu.
Que punit-on dans toi.

LEUXIS.

Ma douleur.

BACAZAR.

Que dis-tu !
Quel monstre assez barbare ?....

LEUXIS.

Arrête : c'est ton pere.

BACAZAR.

Je vole à ses genoux désarmer sa colere.

LEUXIS.

Non, cher Prince, demeure.... Ah ! sçait-il pardonner ?

BACAZAR.

Il reverra son fils.

LEUXIS.

Il va l'assassiner !
Astarbé dans ses bras te poursuivroit encore.
Tu déchires, cruel, une ame qui t'adore.
Ah ! ne préferes point la nature à l'amour !
L'écouta-t-on jamais dans cette affreuse Cour ?
N'expose point des jours plus chers que mes jours même.
Cher Prince, ton bonheur fait mon bonheur suprême.

NARBAL.

Ah, Ciel ! Astarbé vient.

BACAZAR.

Son aspect odieux
Me fait frémir d'horreur.

LEUXIS.

Cher Prince, au nom des Dieux ;
Au nom de notre amour, dissimule.

NARBAL.

Je tremble.
Ah ! ne la bravez point.

SCENE III.

ASTARBÉ, BACAZAR, LEUXIS, ARSACE, ZOPIRE, NARBAL, GARDES.

ASTARBÉ.

LA haine les rassemble.
Mais, quel est ce mortel inconnu dans ces lieux ?

NARBAL.

Le hazard vient ici de l'offrir à nos yeux.

ASTARBÉ *à Bacazar.*

Qui t'amene à la Cour ; & quelle est ta Patrie ?
Réponds-moi.

BACAZAR.

C'est dans Tyr que j'ai reçu la vie :
J'en sortis malheureux, proscrit, abandonné ;
J'y reviens plus à plaindre & plus infortuné.

ASTARBÉ.

Quels sont donc tes destins ?

BACAZAR.

L'opprobre & la misere.

ASTARBÉ.

Dans ce Palais des Rois que cherches-tu ?

BACAZAR.

Mon Pere.

ASTARBÉ.

Quel est-il ?

LEUXIS *à part.*

Je frémis !

BACAZAR.

Arraché de ses bras ;
Loin de lui , dès l'enfance , on entraîna mes pas.
On le dit malheureux : je le plains & je l'aime.
Que l'auteur de nos maux les éprouve lui-même !

ASTARBÉ.

Ce n'est point me répondre, & ces vagues discours...

NARBAL.

Madame, de quels soins....

ASTARBÉ.

J'entrevois vos détours.
Je sçais ce qu'en ces lieux prépare votre haine.
Un esclave , courbé sous le poids de sa chaîne ,
Contre ses Souverains aigri par le malheur ,
A la révolte , au crime ouvre aisément son cœur.
Sur vos fronts interdits la terreur est empreinte.
Ma présence vous trouble.... Il s'abaisse à la feinte.
Sur vos sombres complots c'est assez m'éclaircir.
Quel que soit ce mortel , c'est un traître à punir.
Qu'on l'arrête.

NARBAL.

Madame , à la Cour de leur Maître
Les mortels malheureux ne peuvent-ils paroître ?
La demeure des Rois n'est-elle plus pour eux
Un azile aussi sûr que les Temples des Dieux ?
Que vous importe , enfin , qu'un malheureux respire !

ASTARBÉ.

Tout importe à qui sçait gouverner un Empire.
Qu'on l'entraîne , soldats.

NARBAL.

Ah ! Madame , arrêtez !
Je réponds de sa foi.

ASTARBÉ.

aux Gardes. *à la Princesse.*
Suivez leurs pas.... Sortez.

SCENE IV.

ASTARBÉ, ZOPIRE.

ASTARBÉ.

QUE prétendoit ici ce mortel téméraire?
Il unit à la fois l'orgueil & la misere.
J'ai tremblé devant lui; je ne sçai quel effroi
A son fatal aspect s'est emparé de moi!
De sa voix, de ses traits, une confuse idée
Frappe & saisit encor mon ame intimidée....
Enfin, pourquoi Narbal & la fiere Leuxis,
Sur ce mortel obscur sembloient-ils attendris?
Je le met en vos mains, répondez m'en Zopire;
Egalez votre zele au trouble qu'il m'inspire.
De soins plus importans, mon esprit agité,
Vers de plus grands objets est maintenant porté.
Répondez; est-il tems d'immoler un barbare?
Méritez-vous enfin le prix qu'on vous prépare?

ZOPIRE.

J'ai tout prévu, Madame, & tout sert vos projets.
Il est près de ces murs des lieux sûrs & secrets;
J'ai caché dans leur ombre une troupe hardie
De Soldats éprouvés, qui m'ont vendu leur vie.
Didon, depuis long-tems arme les Afriquains;
Si Carthage tentoit quelques nouveaux desseins,
Notre Port vomira sur la mer allarmée
Une flotte inombrable, en ses flancs renfermée.
C'est ainsi qu'au dehors j'ai prévu les hasards.
Voyez ce que j'ai fait au sein de ses remparts.
Au fidele Nador cette Ville est livrée.
Maderbal de ces lieux doit deffendre l'entrée;
Cléobule, observer vos Ennemis secrets.
Enfin, tout vous répond d'un rapide succès.
Commandez à mon bras, ces invincibles armes
Répandront dans ces murs les horreurs, les allarmes;
Et digne enfin du prix offert à ma valeur,
Je l'obtiendrai, Madame, à titre de vainqueur.

ASTARBÉ.

ASTARBÉ.

Oui, ſans doute, la force eſt ici néceſſaire.
Je connois, comme vous, l'indocile vulgaire ;
Il ſoutiendra les droits de ſon Maître égorgé ;
Il faudra le combattre après l'avoir vengé.
Dans ſes divers tranſports qui pourroit le comprendre ?
D'un Tyran qui n'eſt plus, il révere la cendre.
On l'a vû conjurer, s'armer contre ſes Rois :
Mais il court les venger, il reconnoît leurs voix.
Quand du fonds de leur tombe & du ſein des ténebres,
Ils ne lui parlent plus que par des cris funebres.
La pitié ſur ſon cœur fait plus que le devoir.
Mais, Zopire, à ce peuple enlevons tout eſpoir.
Le ſang des Souverains peut m'être encor funeſte :
De ce ſang odieux qu'on épuiſe le reſte ;
Qu'on immole Leuxis.

ZOPIRE.

Le ſort à ſes retours,
Madame ; de Leuxis il faut ſauver les jours.
On parle de Didon, des deſſeins de Carthage :
Que la Princeſſe ici vous tienne lieu d'otage.
Puiſque vous la tenez captive en ce Palais,
Elle ne pourra nuire à vos vœux ſatisfaits.

ASTARBÉ.

Il eſt vrai ; je crains peu ſes impuiſſantes larmes.
Que peut-elle tenter avec ces foibles armes ?
J'approuve ce conſeil ; il faut la conſerver.
Je crains peu l'ennemi que je puis obſerver.
Leuxis de mes ſuccès répondra ſur ſa tête.
Il ſuffit. Laiſſez-nous.

SCENE V.

ASTARBÉ, ORCAN.

ASTARBÉ.

La coupe eſt-elle prête ?
Et mes ordres en tout ſont-ils exécutés ?

ORCAN.

Dans de ſombres détours vos Gardes apoſtés,
Au moment du triomphe immoleront Zopire.
Tous ont juré ſa mort.

ASTARBÉ.

Oui, je dois le détruire.
Ce mortel politique, en ſervant mes deſſeins,
Veut rendre ſa grandeur l'ouvrage de mes mains.
J'ai porté le flambeau dans ſon ame profonde.
Il aſpire en ſecret au premier rang du monde.
Il veut régner : qu'il meure. Et nous, Orcan, & nous,
Allons ſur le Tyran porter les derniers coups.
L'heure attendue approche, elle m'appelle au crime.
La vengeance à l'Autel va traîner ma victime.
Pigmalion, tremblant au fonds de ce Palais,
Sous le marbre & l'airain ſe cache à ſes ſujets.
J'ai répété les noms de Leuxis, de Carthage :
A ces mots, il frémit. L'épouvante, la rage,
Le déſordre, l'horreur, ces tranſports violens,
Reſſentis par le lâche, & faits pour les Tyrans ;
Il les éprouve tous. Au jour il ſe refuſe :
Il invoque les Dieux, que bientôt il accuſe.
Il m'appelle à grands cris. » Ecoutez, m'a-t-il dit,
» Le Ciel veut ſe venger ; mon peuple me trahit.
» Votre cœur eſt-il pur & fidele à ſon Maître ?
» Diſſipez un ſoupçon, trop injuſte peut-être.
» Tantôt je veux qu'ici, par l'Enfer & les Cieux
» Par le fer de Thémis, par la coupe des Dieux,
» Par moi, par notre hymen, par la liqueur ſacrée,
» Vous confirmiez la foi que vous m'avez jurée.
Orcan, voilà le but où mon art l'a conduit.
Il ſe livre à mes coups. Viens, ſuis-moi : le tems fuit.
Profitons des momens offerts à ma vengeance.
L'intrépide exécute où le foible balance.

Fin du troiſieme Acte.

ACTE IV.

SCENE PREMIERE.

LEUXIS, ARSACE.

ARSACE.

Ah ! Madame, cessez d'errer dans ce Palais,
Rendéz à vos esprits & le calme & la paix.

LEUXIS.

Arsace, c'en est fait, le farouche Zopire
A consommé son crime & Bacazar expire.

ARSACE.

Le Prince est inconnu dans cet affreux séjour
Oublié dans ses fers, vil aux yeux de la Cour,
En but au seul mépris, il respire peut-être.

LEUXIS.

Arsace, à ses vertus peut-on le méconnoître ?
Mais enfin, s'il vivoit ignoré dans ces murs
Croirai-je que caché sous des dehors obscurs,
Et sous le voile affreux de son humble misere,
Au fer des assassins il puisse se soustraire ?
Sa perte en est plus sûre ainsi que mon malheur.
Des barbares humains je connois la fureur ;
Ils versent sans pitié, le sang d'un misérable.
Malheureux le mortel que l'on croit méprisable.
Des intrigues des Grands, ressort infortuné,
L'homme vil qui leur nuit est bientôt condamné.

ARSACE.

Esperez tout encor ; un vieillard respectable
Oppose sa prudence au bras qui vous accable.

Soit qu'un Dieu le dérobe aux yeux de nos Tyrans;
Soit qu'on méprise en lui la foiblesse des ans;
Narbal est libre encor. Tranquille dans l'orage,
Et montrant à nos yeux la fermeté du sage,
Des fureurs de la Reine il observe le cours.
Il veille sur le Prince, il veille sur vos jours.
Sans doute un Dieu vengeur & l'éclaire & le guide.
Narbal peut arrêter le fer du parricide.
Narbal verra Zopire, il peut fléchir son cœur?

LEUXIS.

Ah! connois-tu Zopire & toute sa fureur?
Un faux espoir t'abuse: où le crime est l'arbitre
La vertu ne peut rien & n'est plus qu'un vain titre.
Arsace, si j'en crois mes noirs pressentimens,
Ce jour, ce jour funeste est fait pour les Tyrans.
Je leve, en frémissans, les voiles politiques,
Dont on couvre à nos yeux des projets tyranniques;
Pigmalion, tranquille au fonds de ce Palais,
Dans les bras d'Astarbé goûte une affreuse paix.
Il semble en ces instans que leur rage repose.
Repos cruel, Arsace, & dont je vois la cause.
On veut nous abuser par ce calme trompeur.
On prépare en secret le glaive destructeur.
Je vois tout, & bientôt les flambeaux funéraires
Eclaireront la nuit de ces sombres mysteres.
Je ne sçais, mais enfin, je sens couler mes pleurs.
Les Dieux m'ont trop appris à prévoir mes malheurs.

SCENE II.

LEUXIS, ZOPIRE, ARSACE, GARDES.

ZOPIRE.

De secrets importans je viens pour vous instruire.
Madame, permettez qu'Arsace se retire.
Tantôt de l'inconnu vous plaigniez les destins,
L'imprudente Astarbé le confie à mes mains.

Je défendrai ſes jours, & je prétends encore
Vous ſauver des périls que votre cœur ignore.
Votre perte eſt jurée, une femme en fureur,
De ſes deſſeins ſur vous, va pourſuivre l'horreur;
Mais le crime s'aveugle & l'on peut le ſurprendre.
Au rang de vos Ayeux, Princeſſe oſez prétendre.
Dites un mot, parlez, & ſoumis à vos loix,
Zopire vous éleve au Trône de nos Rois.

LEUXIS.

Ton maître vit encore & tu m'offres l'Empire

ZOPIRE.

On attente à ſes jours & peut-être il expire.

LEUXIS.

Pigmalion périt !

ZOPIRE.

Peut-être en ce moment,
Trompé par l'appareil d'un auguſte ferment,
Dans la coupe fatale, à ſes mains préſentée,
Il boit l'affreuſe mort qu'il a trop méritée.
Sa parricide épouſe....

LEUXIS.

O crime ! ô jour affreux !

ZOPIRE

Puniſſons la perfide & régnons en ces lieux.

LEUXIS.

O Ciel ! je ne vois point ces voutes ébranlées,
Aux dépens de mes jours, ſur ta tête écroulées.
Perfide, voilà donc les ſecours généreux
Que ta pitié cruelle offre à des malheureux.
Pour punir Aſtarbé, tu te rends ſon complice.
Tu permets, pour régner, que ton maître périſſe ?
D'un œil indifferent tu le vois égorger ?
Lâche, il faut le défendre & non pas le venger.
Je connois tes deſſeins. Fuis loin de moi barbare.
Je ne t'écoute plus.

ZOPIRE.

Quel trouble vous égare ?

Et pourquoi ces transports d'un aveugle couroux.
On immole un Tyran; Madame, oubliez vous
Qu'il plongea le poignard au sein de votre frere?

LEUXIS.

Mais, j'adorai son fils, il est mon Roi, mon Pere;
Et toi même, perfide, as tu donc oublié
Les augustes sermens dont ton cœur est lié?
Ta rage vainement s'applaudit & se loue,
Elle me fait horreur & je la désavoue.
J'en atteste le Ciel! ce Ciel vengeur des Rois.
Dieux défendez mon Maître, & soutenez ses droits;
Dieux, dérobez sa tête à la main meurtriere;
Imprimez sur son front un si beau caractere,
Si semblable à celui de la Divinité,
Si grand, qu'il en impose à leur férocité.

ZOPIRE.

Hé bien, craignez l'effet de ma fureur extrême.
J'allois vous élever à la grandeur suprême.
Vos mépris orgueilleux m'annoncent un refus.
Ingratte, frémissez? Je ne balance plus.
J'appuyerai les desseins d'une Reine barbare;
Mais quelque soit le sort que sa main vous prépare,
Sous quelque coup fatal que tombe l'inconnu,
Songez alors, songez que vous l'aurez voulu.
La Couronne n'est point un bien que je dédaigne.
On me l'offre aujourd'hui, je l'accepte & je régne;
Astarbé mieux que vous confirmera mes droits.
Qui punit les Tyrans sçait faire aussi des Rois.

LEUXIS.

Consomme ta fureur, va lui porter ma tête.

ZOPIRE.

Gardes, veillez sur elle, & vous, tremblez.

SCENE III.

NARBAL, & les Acteurs précédens.

NARBAL.

ARRETE.
Qu'ai-je entendu, cruel, ton Maître infortuné
Périt au pied du Trône & meurt empoisonné!
De ce lâche attentat, Zopire est le complice!
Mais non je te connois & je te rends justice.
Viens; craignons qu'Astarbé par de rapides coups...

LEUXIS.

Oui, Zopire, courons.

ZOPIRE.

Que me proposez-vous?
Que je sauve un barbare & que je rampe encore,
Sous le joug d'un Tyran que l'Univers abhorre!
Et quel seroit le prix d'un zele iufructueux.
L'esclavage!... La Reine offre un Trône à mes vœux;
Je reçois d'elle un don que Leuxis me refuse,
Je la sers, je le dois.

NARBAL.

Mais, Astarbé t'abuse.
Toi-même, penses-tu que le peuple soumis,
Te laisse sur un Trône où ses mains t'auront mis.
Que dis-je? Lâche époux de cette Reine impie,
Espere-tu régner sur ta triste Patrie?
Elle régnera seule, ou bien dans ses soupçons,
Tu la verras encor préparer les poisons,
Carresser ta foiblesse, & colorant son crime,
Dans ses embrassemens étouffer sa victime.
Quels cœurs plaindront alors tes destins rigoureux?
Tu seras criminel autant que malheureux!
Mais sçais-tu quels degrés vont te conduire au Trône?
Songe qu'un peuple entier le défend, l'environne.
Avant d'y parvenir, il faut l'ensanglanter,
Et c'est sur des tombeaux que tu dois y monter.

Si tu l'oses, cruel, plonge tes mains fumantes
Au sein de ces époux, de ces meres tremblantes
De ces foibles enfans, renversés dans leurs bras:
Non, Zopire, ton cœur n'y consentira pas.
Tu respecte ton Maître & tu vas le défendre.
Il en est tems encor. Déjà je crois entendre
Un cris victorieux vers le Ciel élancé;
Je vois autour de toi, tout un peuple empressé,
Et l'épouse & l'époux, & le fils & le pere.
Tous tes concitoyens, tes amis, Tyr entiere,
Je les entens venter, consacrer ta valeur,
Te nommer leur soutien & leur libérateur.
Que la vertu, Zopire, est douce & consolante;
Elle parle à ton ame, incertaine & tremblante.
Sur l'espoir des grandeurs peux-tu la dédaigner?
Qu'aurois-tu résolu? réponds-moi.

ZOPIRE.

De régner.

NARBAL.

Implacable mortel, voilà donc ta réponse?
Je vois tous les malheurs que ta rage m'annonce,
Mais dans les grands périls il faut tout hazarder:
Fais venir l'inconnu.

LEUXIS.

Qu'osez-vous demander?
Cruel, vous le perdez.

NARBAL.

Il faut sauver son pere.

ZOPIRE.

Quel est donc cet esclave, & que prétends-tu faire?

NARBAL.

Qu'il paroisse, te dis-je, & soyons sans témoins.

LEUXIS.

Que produiront pour lui ces inutiles soins?

ZOPIRE.

Vous prenez à son sort un intérêt bien tendre,
Madame, j'y consens, je veux ici l'entendre:
Qu'il vienne.

NARBAL.

NARBAL.

Je verrai jusqu'où va ta fureur.
Esclave ambitieux, farouche usurpateur.
Tu ne sçais pas encor quel sang il faut répandre.
Ton Maître assassiné, son Trône mis en cendre.
Ses Sujets malheureux, sous le glaive expirans;
Quels que soient ses forfaits, il en est de plus grands.

SCENE V.

BACAZAR, & *les Acteurs précédens.*

NARBAL.

PAROISSEZ Bacazar; toi, frappe si tu l'oses;
Voilà ton Souverain.

ZOPIRE.

Qui, lui? tu m'en imposes.
La mort nous a ravi l'héritier de nos Rois.

LEUXIS.

Ah, cher Prince!

BACAZAR.

Leuxis! est-ce vous que je vois?
Ciel! au fond de mon cœur quel effrayant murmure?
Un cri de mort, s'y mêle aux cris de la nature!
Ah! Narbal, expliquez ces noirs pressentimens!
Mon Pere...

NARBAL.

Il meurt peut-être en ces affreux momens!

BACAZAR.

Il meurt! & l'on permet, on souffre qu'il périsse!

NARBAL.

Son épouse l'immole & voilà son complice.

BACAZAR.

Ce barbare! ah! cruels, trop cruels ennemis,

Sur ſa cendre fumante aſſaſſinez ſon fils.
Périſſent à la fois le Monarque & l'Empire.
Oui, reconnois-mois, frappe infidele Zopire.
Ma vie eſt un tourment que je reproche aux Dieux.

LEUXIS.

Tu demandes la mort !

BACAZAR.

Le jour m'eſt odieux !
Quelle foule de maux environnent mon être !
Je déteſte à jamais le jour qui m'a vu naître.
Les Dieux même ont forcé mon cœur à les haïr.
Ils trahiſſent mon pere, ils le laiſſent périr.
Leur privilége eſt vain, s'ils ne vengent le nôtre.
Dieux, la cauſe des Rois n'eſt-elle plus la vôtre ?
Si vous ſouffrez en paix, les crimes des mortels.
Si le Trône eſt détruit, tremblez pour vos Autels.

LEUXIS.

Zopire !

BACAZAR.

Ciel que vois-je ? à ſes pieds ! vous, Princeſſe !

LEUXIS.

Je tremble pour tes jours, pardonne à ma tendreſſe.
Et toi, puiſque ton cœur vainement combattu,
A ſon ambition fait céder ſa vertu,
Régne, mais en montant à la grandeur ſuprême,
N'abuſe point d'un rang uſurpé ſur nous-même.
Et n'appeſantis point ſur cet infortuné,
Le Sceptre de nos Rois à ſes mains deſtiné.
Qu'il vive ! Que crains-tu ? Maître de cet Empire,
Qu'importe à ton bonheur que mon amant reſpire ?
L'Univers l'abandonne. Enfin, ſi dans ces lieux,
Le fils des Souverains épouvante tes yeux,
Ne peut-il loin de toi jouir de la lumiere ?
Voudrois-tu lui ravir juſqu'au jour qui l'éclaire ?
Il eſt de tous les biens que tu lui veux ôter,
Le ſeul qu'aux malheureux on n'oſe diſputer.

ZOPIRE.

Je vais donner mon ordre.... Allez.

LEUXIS.

O ciel ! je tremble !

BACAZAR.

Chere Leuxis, du moins nous périrons ensemble.

SCENE VI.

NARBAL, ZOPIRE.

NARBAL.

Je ne te quitte point. Où vont-ils ? Tu te tais ?
Ton front est obscurci ; tes regards sont distraits !
Ces deux infortunés marchent-ils au supplice ?
Il faut sur tes desseins que ta voix m'éclaircisse.
Vas-tu perdre Astarbé ? Vas-tu sauver ton Roi ?
Es-tu juste ou coupable ? Enfin réponds.

ZOPIRE.

Suis-moi.

Fin du quatrieme Acte.

ACTE V.

SCENE PREMIERE.

LEUXIS *amenée par des Gardes.*

TANDIS que l'on poursuit le cours des attentats,
Zopire veut qu'ici l'on retienne mes pas!
Zopire! ô désespoir, ô mortelles allarmes:
Sans doute le barbare insensible à mes larmes,
De ses Maîtres trahis abandonnant les droits,
De l'impie Astarbé suit encore les loix.
Si des pleurs de Leuxis son ame étoit touchée,
Des bras de son Amant l'auroit-il arrachée?
Non, je n'espere plus. Et pour comble d'horreur,
On me fuit, on me livre à toute ma douleur.
Arsace ne vient point; le cruel m'abandonne!
Mais je le vois... ô Ciel! il soupire, il frissonne!

SCENE II.

LEUXIS, ARSACE.

LEUXIS.

QUE viens-tu m'annoncer?

ARSACE.

Le plus grand des malheurs.

LEUXIS.

J'ai perdu Bacazar! c'en est fait; je me meurs!

ARSACE.

Il vit ; mais malheureux de ſurvivre à ſon Pere.
Pigmalion n'eſt plus !

LEUXIS.

Un monſtre ſanguinaire.
A donc vu réuſſir ſes complots déteſtés ?
Et le lâche Zopire...

ARSACE.

Ah ! Madame, arrêtez.
Zopire à la vertu rappellé par vos larmes,
Au parti de ſes Rois a conſacré ſes armes.
Mais éclairé trop tard, & trop long-tems ſéduit,
De ſon lent repentir il a perdu le fruit.
Zopire, de ſon Roi n'a pû ſauver la vie ;
L'indomptable poiſon l'avoit déjà ravie.
Quel ſpectacle effrayant s'eſt offert à mes yeux !
Trahi par ſes ſujets, abandonné des Dieux,
J'ai vu Pigmalion roulant ſur la pouſſiere,
Soutenant avec peine un reſte de lumiere :
Dans cet état où l homme, au moment de périr,
Joint le tourment de vivre à l'horreur de mourir.
Aſtarbé, près de lui, jouiſſant de ſon crime,
D'un regard ſatisfait parcouroit ſa victime,
Et du breuvage affreux précipitant l'effort,
Avec des cris de rage elle appelloit la mort.
Du front de ſon Epoux je l'ai vue elle-même
Arracher d'une main le ſacré Diadême,
Et de l'autre tenir le Vaſe empoiſonné,
A des meurtres nouveaux ſans doute deſtiné.
Enfin, cédant au feu dont l'ardeur le dévore ;
Le Roi meurt, Aſtarbé le contemploit encore ;
Quand Zopire, ſuivi de ſes amis troublés,
Au milieu du tumulte avec peine aſſemblés,
Vers ſon Maître immolé, vole & ſe précipite.
Des obſtacles offerts vainement il s'irrite.
Le péril étoit sûr, & que peut la valeur
Contre la force unie à l'aveugle fureur ?
Moi-même, abandonné d'une garde infidelle,
Je n'ai pu prévenir cette Reine cruelle :
» Un Peuple d'aſſaſſins, de farouches Soldats,
« D'une enceinte de fer environnoit ſes pas.

» Grands Dieux ! les criminels ont-ils tant de prudence ?
» Sur les murs du Palais la barbare s'élance ;
» L'épouvante & l'horreur sembloient la dévancer.
Contente de son crime elle ose l'annoncer.
Alors, vous eussiez vu tout le Peuple en allarmes,
Fondre sur ce Palais, courir, voler aux armes.
L'étendart de la mort flotte au pied de ces murs.
Mais sortant tout à coup, par des détours obscurs,
Des Soldats furieux, animés au carnage,
Précédés du tumulte, & suivis du ravage,
Sur ce Peuple éperdu fondent de toutes parts.
Le sang des Citoyens inonde ces remparts.
Madame, c'est alors qu'informé que Zopire
Dans ces lieux retirés vous avoit fait conduire ;
J'ai revolé vers vous, plein de trouble & d'effroi,
Pour veiller sur des jours confiés à ma foi.
Tel est l'ordre sacré, que le Prince lui-même...

LEUXIS.

Hélas ! quel soin l'occupe en ce péril extrême !
A-t-il cru que mes jours me seroient précieux,
Quand les siens menacés me font craindre pour eux ?
Quand son Pere n'est plus, qu'espere-t-il encore ?
Quels seroient ses desseins ? Réponds.

ARSACE.

Je les ignore.
Anéanti du coup dont son Pere est frappé,
Dans un morne silence, il reste enveloppé ;
Et s'il sort quelquefois du trouble de son ame,
Parmi de longs sanglots, il vous nomme, Madame.
Mais, Narbal & Zopire, (ou mes yeux sont trompés,)
D'un projet important paroissoient occupés :
Sans doute ils méditoient le salut de l'Empire.
On ignore en ces lieux les desseins de Zopire :
La Reine croit toujours qu'à sa suite entrainé,
Qu'au char de sa fortune, en Esclave enchainé,
Foible, & s'abandonnant à son puissant génie,
Zopire, sur ses pas, marche à la tyrannie.
Mais, Madame, il paroît.

SCENE III.

LEUXIS, ZOPIRE, ARSACE.

ZOPIRE.

AH ! Princeſſe, tremblez !

Que dites-vous, ô Ciel !

ZOPIRE.

Nos malheurs ſont comblés ?
A l'amour de mes Rois mon ame ramenée
N'aſpiroit qu'à ſauver leur vie infortunée:
Cet eſpoir me flattoit, les Dieux me l'ont ravi.
De mes Soldats, du Prince & de Narbal ſuivi,
J'allois aux Tyriens faire enfin reconnoître
L'Héritier de l'Empire, & le Sang de leur Maître.
Le Peuple ſous ſes murs, combattoit pour ſes Rois.
Au nom des Dieux vengeurs j'éléve enfin ma voix;
Je nomme Bacazar, & plein de confiance,
Du fils des Souverains j'annonce la préſence.
Mais, ſoit, que prévenu, qu'indigné contre moi,
Le Tyrien ſéduit, ait ſoupçonné ma foi,
Ou ſoit que dans le choc des débris & des armes:
Ma voix fut étouffée au ſein de tant d'allarmes;
Le Peuple furieux s'eſt élancé ſur nous.
Envain nous réſiſtons à l'effort de ſes coups.
Jugez du trouble affreux de mon ame éperdue,
Le Prince enveloppé diſparoît à ma vue.
Accuſant à la fois & les Dieux & le ſort,
Au travers des poignards je cours chercher la mort.
Mais de nos vains amis le déplorable reſte,
Malgré moi me ramene en ce Palais funeſte.

ARSACE.

Peut-être que le Prince à la mort échappé...

ZOPIRE.

Je le croyois Arſace; & je me ſuis trompé.

Oui, ce jour n'eſt marqué que par des parricides ;
Autant qu'ils ſont cruels nos malheurs ſont rapides.
On nomme Aſtarbé Reine, & le Peuple empreſſé
Court au-devant du joug dont il eſt menacé.
Au pied de ces remparts tout a changé de face :
La paix ſuccéde au trouble, & la crainte à l'audace.
Fuyons ; tout autre eſpoir nous devient ſuperflus.
Puiſqu'on trahit les Rois, le Prince ne vit plus.

LEUXIS.

Que dites-vous ? Moi, fuir de ce Palais funeſte ?
Si Bacazar n'eſt plus, quel azyle me reſte ?
Il n'en eſt plus pour moi. Dans l'horreur de mort ſort,
Je n'attends rien des Dieux, je ne veux que la mort.

ZOPIRE.

» Vivez, ne ſouffrez pas qu'Aſtarbé ſur le Trône
» Aviliſſe en ſes mains le Sceptre & la Couronne.

Aux genoux de Leuxis.

» Au nom de vos Ayeux, qu'elle a deshonorés ;
» Au nom de votre Amant, par ſes mânes ſacrés ;
Vivez, jettez ſur vous un coup d'œil plus tranquille :
Sauvez de tant de Rois l'héritiere & la fille.
L'implacable Aſtarbé va rentrer en ces lieux ;
Fuyons, & prévenons ce monſtre furieux.
C'eſt elle ! Sort cruel.

SCENE IV.

ASTARBÉ, LEUXIS, ZOPIRE, ARSACE, *Gardes.*

ASTARBÉ *aux Gardes.*

ARRETEZ ce Perfide.

à Leuxis.

Entre nous aujourd'hui la fortune décide,
Orgueilleuſe Princeſſe, & tes lâches mépris.
Dans le ſein de la mort vont recevoir leur prix.

Ta

Ta faction gémit sous mes mains triomphantes :
J'ai vu fuir devant moi ces Légions tremblantes
D'indociles Sujets, d'esclaves mutinés ;
Mon triomphe est écrit sur leurs fronts prosternés.
Pour me jurer la foi, que j'ai droit d'en attendre,
Les Chefs des Tyriens doivent ici se rendre.
Tremblez ! à mes succès mesurez vos revers.
Mon Trône est préparé ; vos tombeaux sont ouverts.

LEUXIS.

A d'injurieux cris pourquoi borner ta rage ?
On n'anéantit point la vertu qu'on outrage.
Frappe : de tous les coups que ton bras m'a portés,
Ceux que j'attends encor sont les moins redoutés.

ASTARBÉ.

Eh bien, Perfide, eh bien, il faut te satisfaire.
C'est assez balancer les traits de ma colere.
Gardes, obéissez : qu'au sortir de ces lieux,
De leur vue importune on délivre mes yeux.

ZOPIRE.

Barbare ! Connois donc les remords de Zopire.
Ta politique habile avoit sçu me séduire :
Mais mon cœur, indigné de tes lâches forfaits,
A bien-tôt détesté jusques à tes bienfaits.
Le mortel, que tantot tu n'as pu reconnoître,
Couronné par mes mains, auroit été ton Maître ;
La Princesse, rendue au rang de ses Ayeux,
Auroit fini le cours de ton regne odieux.
Mais l'aveugle destin autrement en ordonne.
Nos Rois sont dans la tombe, & tu montes au Trône.
Je vais subir leur sort, & je suis trop heureux,
Puisqu'enfin, malgré toi, je mourrai vertueux.

ASTARBÉ.

Aux Gardes.
Obéissez, sortez.... Mais le Peuple s'avance.

SCENE V.

BACAZAR, LEUXIS, ASTARBÉ, NARBAL, ZOPIRE, ARSACE, *Troupe de Tyriens, Gardes.*

Le fond du Théâtre doit paroître rempli d'un gros de Tyriens, qui, en se développant laisse voir Bacazar : il s'avance vers les Gardes qui emmenent la Princesse & Zopire.

BACAZAR *aux Gardes.*

PERFIDES, arrêtez !

LEUXIS.

O céleste puissance !
Ah ! cher Prince, est-ce vous ?

BACAZAR.

Reconnoissons les Dieux...

ASTARBÉ.

L'Inconnu !.. Sort cruel !

BACAZAR.

à Astarbé Tremble !...
à Zopire & à Arsace Soyez heureux.

ZOPIRE.

O mon Prince !

ARSACE.

O mon Roi !

ASTARBÉ.

Cet Esclave leur Maître ?
au Peuple.
Défendez vôtre Reine, & punissez ce Traître.

NARBAL.

Reconnois Bacazar à tes coups échappé.

ASTARBÉ.

O destin ! De quels traits mon œil est-il frappé !
Sur les Mers de Samos le sort m'a-t-il trahie ?

LEUXIS.

C'est lui n'en doute point, trop barbare ennemie ;
C'est l'héritier des Rois par le Ciel éprouvé ;
Au Peuple, à mon amour, par le Ciel conservé.

BACAZAR.

Deux fois j'ai vû ta rage à me perdre occupée ;
Le Ciel est équitable, & deux fois t'a trompée.
Ce Peuple par Narbal, sur mon sort éclairé,
A tourné contre toi son bras désespéré ;
Il vouloit de ces lieux renverser les barriéres :
Je l'avouerai, j'ai craint tes fureurs meurtrieres ;
Je n'ai pu, sans frémir, entrevoir des succès,
Qu'il falloit acheter du sang de mes Sujets.
J'ai tremblé pour Leuxis, en tes fers retenue ;
Mais enfin j'ai vaincu sans t'avoir combattue.
Je t'ai fait annoncer la victoire & la Paix :
Tu viens de nous ouvrir les portes du Palais.
Vers cet éceuil caché les Dieux t'ont entraînée ;
Et c'est pour t'immoler que l'on t'a couronnée.
Tu frémis... Le remords succéde à ta fureur !

ASTARBÉ.

Tu te trompes ; la rage est seule dans mon cœur.
L'Univers m'abandonne en ce péril extrême ;
Mais va, qui ne craint rien se suffit à soi-même.
J'ai sçu donner la mort, & je sçaurai mourir.

BACAZAR.

Qu'on l'immole, Soldats.

ASTARBÉ, *se poignardant*

Je vais te prévenir.

BACAZAR.

» Sortons.

ASTARBÉ.

» Pourquoi me fuir ? Craindrois-tu ma présence ?
» Lâche tu ne sçais pas jouir de ta vengeance.
» J'ai vu mourir ton Pere, & mon œil à loisir
» D'un spectacle si doux a goûté le plaisir :
» Imite des fureurs, dont j'ai donné l'exemple.
» Un Ennemi mourant vaut bien qu'on le contemple.
» Mon aspect désormais peut-il t'inquiéter ?
» Oui, tremble ; en expirant je vais t'épouvanter.

Ne crois pas que ma perte assure ta puissance ;
L'a[illegible] à tes pieds creusé par la vengeance.
Je [illegible] autour de toi mille Ennemis secrets,
Cruels, dissimulés, & pleins de mes projets ;
Au [illegible]ne des Tyrans tu montes sur ma cendre ;
[illegible] j'espere qu'un jour ils t'en feront descendre.
Mais c'en est fait... Je meurs !... Qu'on m'ôte de ces lieux ;
J'ai bravé les mortels, est-il encor des Dieux ?

On l'emmene.

SCENE DERNIERE.

BACAZAR, LEUXIS, NARBAL, ZOPIRE, ARSACE.

BACAZAR, *au Peuple.*

AMIS & Citoyens, vous l'avez entendue ;
Je n'en crois point les cris de sa fureur émue.
Mon Pere par vos coups n'est point mort égorgé ;
Vous couronnez son fils, & vous l'avez vengé,
A soupçonner vos cœurs rien ne peut me contraindre.
Je régne. J'aime mieux vous aimer que vous craindre.
Leuxis, ce jour de pleurs n'est point fait pour nos feux.
La nature gémit, quand l'amour est heureux.
Plaignons l'ombre d'un Pere, & donnons à sa cendre ;
Des honneurs, des devoirs qu'il est affreux de rendre.
Allons, & puissions-nous dans le sein de la paix,
Oublier d'Astarbé le régne & les forfaits.

Fin du dernier Acte.

J'AI lû par ordre de Monseigneur le Chancelier, *Astarbé, Tragédie* ; & je crois que l'on peut en permettre l'Impression. A Paris ce 1 Avril 1758.
CREBILLON.

www.ingramcontent.com/pod-product-compliance
Ingram Content Group UK Ltd.
Pitfield, Milton Keynes, MK11 3LW, UK
UKHW022129170726
13837UKWH00003B/1449

9 782329 166544